KB198667

서정시학 서정시 156

바위 속을 헤엄치네, 고래

김석 사행시집

서정시학

김석

1957년 경북 포항 출생. 영남대학교 상경대학 졸업, Pittsburgh 대학 경영대학원 전략마케팅과정 수료, 계명대학교 대학원 문예창작과 졸업.
2004년 『시인정신』으로 시, 『문학청춘』으로 시조 등단.
시집 『거꾸로 사는 삶』, 『침묵이라는 말을 갖고 싶다』, 『괜찮다는 말 참, 슬프다』외.
대구예술상, 『대구문학』올해의 작품상 수상.
삼성생명 대구지역단장, 경북지역단장, 금복주 기획·홍보 담당 상무 역임. 대구문인협회 사무국장, 감사, 대구예술가총연합회 감사 역임.
한국문인협회, 대구문인협회, 대구시인협회, 죽순문학회, 진각문학회 회원.

서정시학 서정시 156

바위 속을 헤엄치네, 고래

2024년 10월 8일 초판 1쇄 발행

지 은 이 · 김석
펴 낸 이 · 최단아
편집교정 · 정우진
펴 낸 곳 · 도서출판 서정시학
인 쇄 소 · ㈜ 상지사
주 소 · 서울시 서초구 서초중앙로 18, 504호 (서초쌍용플래티넘)
전 화 · 02-928-7016
팩 스 · 02-922-7017
이 메 일 · lyricpoetics@gmail.com
출판등록 · 209-91-66271

ISBN 979-11-92580-45-6 03810

계좌번호: 국민 070101-04-072847 최단아(서정시학)
값 13,000원

* 잘못된 책은 바꾸어 드립니다.

계절마다 텃밭에

점 하나로 그림을 바꾸는

너, 호미다!

날카로운 붓

　　　　　　　　　　　—「텃밭 풍경화」에서

시인의 말

땅[地]
물[水]
불[火]
바람[風]이 시다

짧고
쉬운 시는
좋은 시가 될 수 없을까?
화두話頭가 되었다

2024년 9월
장일 김석

차 례

2부 물[水]

3부 불[火]

4부 바람[風]

바위 속을 헤엄치네, 고래

1부

시선

피면서 지고, 지면서 피는 꽃

꽃잎 밟으며 꽃놀이 나온 사람들

나무 위 쳐다보지만

발 아래는 못. 본. 척

꽃길

이 길이 꽃길일까?

꽃길도 흙길도

지나온 길은 가시밭길

꽃길만 가세요!

여름밤

마른 논, 물 들자

개구리 뒷발질 소란하고

배추밭 고자리처럼 모기들 극성이다

소리도 마르면 죽는 걸까?

재활용 우체통

능성동 텃밭 입구 고장난 전기밥솥

쌀 안치고 밥 짓던 어머니 찾는

우체부, 솥뚜껑 열고

밥을 준다. 가끔씩

할미꽃

고령 장날 장터 난전, 손녀 업고 내 앞에 선

허리 숙인 저 할미꽃 유난히 낯이 익다

보았다!

할미꽃 등 뒤, 젖내 나는 젖니 두 잎

상처

번개 치다 천둥 친다

폭우는 참을만 하지만

우박에 남은 건 상처와 흉터뿐

성질머리 고약하다

명자꽃

밭두렁 논두렁에는 물오른 쑥

흙담 너머 명자꽃 수줍게 피는 봄날

손잡고 뛰놀던 명자

생각나는 명자꽃, 그 희끗한 얼굴

고수高手

먹이 찾는 개미 보며 거미가 말한다

가만히 있어도 먹이가 찾아오는데

벌들이 앵앵거리며

갓 지은 밥이 꿀맛!

제초제

각개전투 벅차고 화학전 난무

고엽제 후유증!

모르고 한 짓일까?

몸 숨겼던 잡초들 게릴라처럼 나타났다

텃밭 풍경화

상추, 쑥갓, 파, 부추, 감자, 고추, 배추, 무, 계절
마다 텃밭에

점 하나로 그림을 바꾸는

너, 호미다!

날카로운 붓

묵언默言

비가 온다 오고 또 온다 시원하게 퍼붓는다

욕쟁이 할매 욕 하듯 입이란 입은 다 열렸다

언제쯤, 저 욕 멈출까?

잠시잠깐 닫힌 입

너나들이

난방비가 폭탄이다 여기저기 아우성

바람길 꼭꼭 막아 너 오는 길 막막하다

닫으니 답답한 마음

열고 보니 너나들이

부부

한바탕 소나기 쏟아지는 텃밭

양철지붕 따, 따, 따닥, 난타공연

꽃들은 눈물 흘리고

땅들이 받아준다

수목장

잎과 꽃 다 비우고 적요$_{寂寥}$에 든 나목처럼

관세음도 보살도 지우고 나무가 된, 어머니

나$_{我}$까지 버린

무$_{無}$자 화두, 뿌리 깊은

손주

텃밭 식구 보면서 그냥 좋아 웃는다

오늘보다 더 예쁠 내일을 기다리며

얼마나, 더 자랐을까?

발자국 소리 키를 키우는

로봇 청소기

잔소리 안해도 알아서 청소하는

로보락 보며 웃고 있는

나를 보며

그놈이 아들보다 낫다는 아들놈

하늘이 노랗다

개미처럼 땅만 보며 폐지 줍는 저 노파

허리 펴며 뱉는 그 말

입안 가득 단내 난다

저 푸른 하늘도 휘청한다

2부

수심 水深

깊이가 있는 것은 그만큼의 슬픔 있다

소란 한번 피지 않고 고요히 흐르는 물

강물은 하류쯤에서

제 발치를 핥는다

비우다

강이 물을 비우니 바닥이 보이고

내가 나를 비우니 허물만 보이네

비워라!

비우지 못한 잿빛 하늘

채우다

찻물로 자신을 채우고 다 비운

다향으로 빈 찻잔

빈 것이 아니라

향기로, 가득 찬

웃프다

일등급이 좋다는 건 다 아는 사실인데

수능에도 일등급 한우에도 일등급

통한다. 요양원에서

장애등급 일등급

반성

어이 보소, 삼겹살에 지방이 와이리 만노?

살아생전 운동 안 해 그런가 봅니다

친구야!

이 고기 묵고 우리가 운동하자

네탓

취한 놈은 바로 너다

건물벽이 다가오고 길바닥이 일어선다

전봇대 다리를 걸고 바닥이 후려친다

술은 내가 먹었는데

바꾸다

여우와 두루미의 만찬

접시와 호리병의 위치를 바꿨더니

먹었다, 둘다 배불리

바꾸니 바뀌는 것을

한잔 더

한 잔 어때?

각 일병 약속하며 시작된

몇 순배의 잔 돌고나면

딱, 한 잔 사이에 싸움판

핑계

두 여우 포도밭을 지나며 하는 말

아마도 저 포도 시어서 못 먹을 걸

저거는 샤인머스캣!

먹어봐

막걸리의 말씀

무시하지도 막, 다루지도 마세요

뚜껑 열리면 한 성질 한다니까요

대가리 잡고 돌리지도 마세요

돌아버리니까요

빼기

더하기는 쉬워도

빼기는 참 어렵다

힘 빼기 위해 달리는 비행기

조약돌, 하늘을 날다!

공갈빵

속 비었다 놀리지 마세요

까놓고 보면 너나없이 까만데

'잘난 척 마세요'

공갈이 참맛입니다

말 싸움판

말들은 누워있고 바람만 불었을 뿐

꼬리에 꼬리를 문

말들이 소란하다

순식간 불어닥친 싸움판

무료급식소

광장의 비둘기에게 손사래 치지 마라

한 끼 밥 먹으려고 줄 서지는 않는다

날개짓!

파닥거리며, 이리 뛰고 저리 뛰는

청둥오리

더러운 물에 발 담그고 살지는 말자

대가리는 숙이고 궁둥이는 쳐들고

그 자세 생뚱맞잖아!

날아가는, 하늘엔 점, 점점, 청둥오리떼

반려석

반려견도 반려묘도 없지만

눈 없고 귀 큰 동그란 수석 하나

내 얘기 듣고, 또 듣고

말 없이 웃고 있는

멈추다

노승은 소리 내어 울면서 걷고 있다

끝도 없는 저 만행 어디에서 멈출까?

멈췄다!

어디로 돌아갔나, 물소리

사문진*

걸어온, 길 다른 낙동강과 금호강

둘이 만나 몸 섞으며 서로에게 스며들었다

물의 알, 품은 사문진

생명의 젖줄이다

---

* 낙동강과 금호강을 연결하는 하천으로 교통요지이자 대구로 통하는 관
문역할을 한 나루터.

3부

유족

간밤 비에 꽃 지고 나무는 울고 있다

꽃 진 자리 지우려 너도나도 아프다

지우지 못한 꽃

나무 더, 아프다

오독誤讀

산책길, 벤치에 적힌 글 '내힘들다'

돌아오며 다시 보니 보였다 '다들힘내'

오독이 풀리는 순간

돌개바람도 쉬었다 가는

환장하겠네

당신의 목소리에는 늘 향기가 있었지

꽃 지자, 당신도 지고 향기마져 사라졌네

미치고 환장하겠네!

허드러지게 핀 꽃 보면

딜레마

고슴도치 서로를 껴안는다

따스함은 일순간, 따가움에 떨어진다

사랑은?

고슴도치의 딜레마

내기

이 새는 죽었는가, 살았는가?

분명 살아서 들어갔는데

죽었다!

내기는 지고, 새는 살린

I'm possible

점 빼라, 점 하나에 인생이 달라진다

impossible에 점 하나 찍으며 알았다

점, 하나

있을 자리에 있어야 한다는 걸

걸레

수건은 바닥으로 내려와 누웠어요

얼굴 대신 발바닥을 닦아줬지요

'오늘도 고생 했어요'

마른 걸레 같은 발바닥

키*

까불면 가볍게 보인다고 '까불지 마라'고 말한다

나비질!

내가 하는 일

까부는 게 전부

무당벌레

무당벌레 한 마리 손바닥에 앉는다

움켜쥐면 죽는데 날아갈 생각이 없다

겁 없다!

겁 없는 너를 보는, 나

같은데, 다른

원고료 이만원 적게만 보이고

회비인상 이만원 많아만 보이네

적지도 많지도 않은

이만원

길라잡이

어제의 꽃 진 그 길 상춘객 사라졌다

소란 진, 그 꽃길 사라지니

적막강산寂寞江山!

순백의 고요, 한 발 늦게 꽃 피운다

낚시

대어를 잡겠다고 여기저기 다녔다

밤새, 찌만 보았다

혹시나, 시 한편?

택도 없다

시집

시집을 받침대로 쓴다는 이종문 시인 말대로 냄비 놓아도

제목은 잘 보이네

'내 마음 좀 알아도고*'

뜨겁다 아이가!

---

* 이종문 시인의 시집 제목.

지워지다

수국의 자잘한 꽃잎 져, 나리고

수국이 있었다는 사실조차 지워진 날

당신의 웃음도 지고

이름마져 지워지고

낮추다

하늘 높은 줄 모르고 키만 키운 저 나무

하나, 둘 가지 꺾여 밑둥치만 남았구나

그래야 공평한거야!

자신을 낮추는 고목

반지하

　아메리카노와 카페라떼, 짬뽕과 짜장면, 물냉면과 비빔냉면

　반반이 인기다

　햇빛 반, 어둠 반, 반반

　반반방도 인기다

4부

허물

낮에는 너무 밝아 보지 못했고

밤에는 너무 어두워 보이지 않았다

눈 감고 돌아보니 보인다

눈 뜨면 사라지는, 내 허물

천년 바위

보리사 석불石佛* 뒤 가부좌 틀고 앉아 원顯 세운

저, 바위 천년 미소

생불生佛이 따로 없구나!

무심한 천년 바위

---

* 경주 남산 보리사 경내 좌측에 있는 미륵곡 석조여래좌상으로 보물 136호.

울음의 무게

산천을 울리는 종소리 은은하다

자신의 울음으로 남 울리는 소리

울어본 사람은 안다

은은한 울음, 그 무게를

단골

밥그릇에 담뱃재 털었던 그 손님

재떨이에 담겨진 밥, 한 그릇 다 비우고

주인장 복수에

참한 단골이 되었다는

참꽃

겨울 입 땅 속에 묻고 봄 귀 세운 산을 보라

여기저기 귀동냥에 듣는 것은 많아도

산자락, 아무 말 없이

꽃밥을 짓고 있다

도道란

스님예, 도가 멉니꺼?

두 손으로 꽉, 잡아바라

한 손을 노커라

한 손 마져 노커라

무심사

아소카왕 세웠다는 석주가 여기 있네

반야심경 새겼지만

'사바하娑婆訶*' 보이지 않네

석주도 돌아가고 있는

---

* 원만한 성취라는 뜻으로, 진언의 끝에 붙여 그 내용이 이루어지기를 바라는 말.

들다

볕 들다 바람 들고 물 들다 시들고 정 들다 멍 들
고 철 들다 나이 든다

무엇을, 들고

놓을까?

든 것이 없는데

이뭣고

화두를 꽉 잡고 흔들리는 선승이여

잡으면 멀어졌다 놓으면 다가오는

'이뭣고'

화두를 던져라!

반구대

세월 지난 그 자리엔 암각화만 남아있고

애기 없는 어촌처럼 울음소리 사라졌네

저 고래, 바다가 아닌

바위 속을 헤엄치네

상처의 꽃

만어사 너럭바위 상처가 꽃이다

여기저기, 멍울져 피워낸 상처의 꽃

사람들 찾아 왔구나!

상처의 소리 찾아

그것도 모를까봐

요양원 침대 위 엄마 눈 맞추며

내 누군지 알겠나, 큰 아들 이름 머꼬?

엄마는 어디 있능교?

큰 아 이름 '석'이다

앙코르 와트

도시의 사원인지, 사원의 도시인지

메아리만 돌아와 허공 가득 웅성웅성

오늘도 신전 못 찾고

일렁이는 그림자, 웅성거리는

행실이 발라야지

눈 감고 귀 막고 입도 닫고 살았던

아흔아홉 시어머니 모시고 산, 어머니

짧고도 묵직한 그 말

말-잘-하-는-기-대-수-인-감

주지나 말든지

첫 발령지 강남에서 한평생 살았는데

어느 날 날아든 종부세 고지서

코로나 재난지원금

받을 땐 좋았는데

갠지스의 노을

젖은 몸 태우는 다비식

잿빛의 연기 사이로

환생幻生하는 저 역동力動

강물도 붉게 타오르는

살불살조殺佛殺祖[*]

조석으로 죽 드시며 하루를 열고 닫는

죽 드시고 밥 묵었다 맛 죽인다, 하시는 어머니

하루하루를

죽도 밥도 다 죽인다

---

[*] 부처를 만나면 부처를 죽이고 조사를 만나면 조사를 죽여야 해탈한
다는 임제선사의 사자후.

시선일여詩禪一如의 세계

김동원(시인, 문학평론가)

들어가는 말―천지天地 법문法門

그는 시와 선禪을 한축으로 꿰고 있으며, 천지를 법문으로 인식한다. 그의 말에 의하면 삼라만상은 선문답禪問答이다. 모순과 패러독스로 가득 찬 그의 세계는, 삶과 죽음의 경계에서 놀라운 비약과 파격을 보인다. 언어의 자가당착과 유희는, 불가능의 가능성으로 확장된다. 시비是非를 떠난 이런 놀라운 초월적 비유는, 시적 대상에 상상력을 마음껏 부여한다. 현대시에서 그의 모순어법은 시적 모호성에 접목된다. 어찌 보면, 기기묘묘奇奇

妙妙한 행간은, 선가禪家 공안公案의 극치를 보인다. 물음의 띠를 비틀어 역설의 답으로 꼬아 붙인 간화선의 화두이기도 하다. 물음 속에 이미 답이 숨어 있고 그 답은 또다시 새로운 물음을 던진다. 마치, 장자의 제물론의 이야기처럼 "내가 나비의 꿈을 꾸고 있는지, 나비가 내 꿈을 꾸고 있는지 분별이 되지 않는" 호접지몽의 세계다. 뫼비우스의 띠에 올라타면 꿈은 현실이 되고 현실은 꿈이 된다. 원래 태어남도 없고 죽음도 없는 것이 '화엄 세계'가 아닌가. 화엄은 법계연기法界緣起다. 우주의 모든 사물은 그 어느 하나라도 홀로 있거나 일어나는 일이 없이, 모두가 끝없는 시공 속에서 서로의 원인이 되며, 대립을 초월하여 하나로 융합한다. 그의 시는 무진연기無盡緣起, 상입상즉相入相卽, 중중무진重重無盡의 불교 사상과 지수화풍地水火風의 사대를 골수로 삼는다. 그의 시는, 산 자의 문을 열면 뒷문엔 죽은 자가 희죽 웃고 있다.

하여, 그는 다시 묻는다. 화엄은 '현상과 본체'가 결코 떨어질 수 없는가? 과거 현세 미래는 한 몸인가, 아니면 각각 다른 셋 몸인가? 만법은 일즉다一卽多요, 다즉일多卽一의 세계다. 하나가 곧 전체, 전체가 하나이다. 상극을 버린 상생의 세계이자, 음양의 갈등을 흡수한 태극의 조화이다. 그의 시는 '둘로 나뉘지도 않고 하나에 집착하지도 않는 무이이無二而 불수일不守一'의 세계다. 하여, 삶을 비극으로, 죽음을 희극으로 형상화한다. 이번 김석의 4행 시집『바위 속을 헤엄치네, 고래』(2024, 서정시학)는, 울림과 여운을 주는 수행자의 시다. 촌철살인의 시구를 벼린다. '비움'의 묘사와 '내면'을 성찰케 하는 힘이 있다. 그의 4행시는, 정형을 통해 정형을 뛰어넘는 초월을 꿈꾼다. "4행시는 오래된 시 형식이다. 들여다볼수록 만만치 않다. 한시의 절구와 서양의 4행 시집들을 들춰보고, 우리의 옛 4구체 향가들을 챙겨보"(이하석)면 절로 알게 된다. "4행을 맞추는 게 억지스러울 수도 있고, 의도적으로 비칠 수도 있지만, 시의 행갈이 조절로 가능하다고 생각한다. 긴말도 4행으로 토막낼 수 있다. 그건 이미지의 문제고, 심리와 호흡의 문제다."(이하석,『회게 애끓는, 응시』, 4행 시집) 그런 측면에서 4행시는 짧기 때문에 함축적이며, 다층적 해석이 가능한 것이 매력이다. 활짝 열린 행간보다 반쯤 열린 행간이 더 선명하고 강렬한 인상을 주듯, 4행시는 영원 속의 순간을 포착하고, 순간 속에서 영원을 발견케 한다. 그의 시의 관전 포인트는, 상징과 메타포, 직유와 환유를 찾아내 곱씹어 보아야 제멋이다. 그의 시는 의미 없는 것이 의미 있는 세계로, 의미 있는 것이 무의미로 치환된다. 우리가 주목해야 할 곳은 언어의 표면이 아니라 이

면에 숨겨진 행간의 진실이다. 압축과 비약, 지성과 감정, 모순과 감각을 통해, 김석은 독창적 시각과 의도를 가진다. 시가 언어의 착란이라면, 선시는 의미의 모순이다. 세계의 본질은 순수할 때 비로소 심미안이 열리듯, 그의 시는 언어유희의 한 방식으로 요해了解된다. 김석의 시는 읽히지 않는 시가 아니라, 누구에게나 다가서는 재미의 시다. 현대인이 좋아할 만한 짧은 텍스트를, 직관적으로 드러내는 아포리즘 스타일과 겹쳐있다.

지문地文

땅은 문장이다. 표면을 뚫고 올라오는 모든 것은 획劃이다. 그 중에 "꽃"은 천하의 명시이다. 향기야말로 예술의 절경이다. 땅이 구상이라면, 천天은 추상이다. 꽃대가 붓이라면, 허공에 한 획을 긋는 그 멋은 얼마나 아름다운가. 생사는 혼돈이자 질서이다. 법이 일어나는 곳도 땅이며, 법이 숨는 곳도 땅이다. "핀" 것들은 져야 하고, 진 것들은 다시 "핀다". 어쩌면, 노자의 말처럼 지문地文은 구분과 차별이 없는 큰 덕인지 모른다. 흔들리는 것들은 모두「시선」을 가진다.

피면서 지고, 지면서 피는 꽃

꽃잎 밟으며 꽃놀이 나온 사람들

나무 위 쳐다보지만

발아래는 못. 본. 척

—「시선」 전문

   '시선視線'은 눈이 가는 방향이다. 시는 무심코 보는 눈
길이다. 무언가 낌새를 차려도 "못. 본. 척"하는, 인간의
야누스(Janus)를 김석은 깊이 찌른다. 발은 속여도, 몸은
속여도, 심안心眼은 속일 수 없다. 꽃의 몸은 있는 것도
아니요 없는 것도 아니다. 명료함에서 모호함으로 번지
는 것이 시가 아닐까. 경계는 밝지만 사라지는 것은 어
둡다. "사람들"은 떨어진 "꽃잎"엔 무관심하지만, "나무
위"에 활짝 핀 것들엔 절로 눈길이 머문다. 무덤이 마을
밖에 있는 이치가 그러하다. 원래 사람은 하늘을 쳐다
보면 불경不敬하고, 땅을 내려다보면 편하다. 하늘은 꿈
꾸게 하지만 땅은 배부르게 한다. 빛나되 눈부시지 않
아야 좋은 시다.

응시凝視

대저 시에 있어 '응시'란 무엇인가. 사물의 내밀한 기색과 기미를 눈여겨 살피는 일이겠다. 존재하는 것은 모두 밤낮없이 안팎을 드러낸다. "응시가 깊을수록 시도 숙성되고 덤으로 삶도 깊어진다. 진리다.(이승주)" 좋은 시인은 주위의 신령스런 기운들을 불러 모아 존재의 집을 짓는다. 시간과 공간을 통해 생물과 무생물이 끊임없이 몸을 바꾸는 소리를 듣는다. '안'을 통해 '밖'의 풍경을 집요하게 물고 놓지 않는다. 풍경을 본다는 것은 소리를 본다는 관음觀音의 세계와 직통한다. 우주는 입자이기도 파동이기도 하다. 종일 안팎의 소리에 귀를 열면, 어느 순간 하나의 풍경이 전체의 풍경 속에 연결되어 살아 움직이고 있다는 사실을, 불현듯 관觀하게 된다. "모든 대립을 떠나서 대립이 융화되어 서로 합해지는 차원이다. 있음도 없음도 아닌 세계인 3차원의 상대적 유무는 완전히 없어지고, 4차원으로 통하는 새로운 유무가 새로 생기는"(성철 스님) 즉, 시가 태어나는 찰나이다.

능성동 텃밭 입구 고장난 전기밥솥

쌀 안치고 밥 짓는 어머니 찾는

우체부, 솥뚜껑 열고

밥을 준다. 가끔씩
　　　　　　　　　　　　　 —「재활용 우체통」전문

　사물을 꿈꾸게 하는 것이 낯선 시다.「재활용 우체통」
은 '응시와 찬나'로부터 얻은 영감靈感의 시이다. 스쳐
지나칠 수 있는 순간을 포획하였다. 이 시의 놀라운 점
은, "우체부"가 우편물을 넣는 행위를 "전기밥솥"에 "밥
을 준다"는 시적 발상에 있다. 생각을 바꾼다는 것은 새
로운 세계를 발견한다는 뜻이다. "고장 난" 것은 "가끔
씩" 자신의 몸을 바꾼다. 무덤이 산 자들을 깨우치듯,
고사목이 천 년을 살 듯, "전기밥솥"은 우체통으로 변신
한다. 시의 통찰은 경계의 칼날을 밟고 서는 작업이다.
불현듯 튀어나오는 것들은, 절벽에 설 때 가장 곤두선
다. 또 한편의「텃밭 풍경화」를 감상하자.

　이번 김석의 4행 시집『바위 속을 헤엄치네, 고래』의
중요한 요체는 '통변通變의 시학'에 있다. 그는 벗이랑
"능성동" 입구에 "텃밭"을 가꾸고 산다. 아니, '텃밭 풍
경화'를 그리는 화가이다. 땅을 화폭으로, "상추, 쑥갓,
파, 부추, 감자, 고추, 배추, 무"를 그림의 소재로 삼는다.

상추, 쑥갓, 파, 부추, 감자, 고추, 배추, 무, 계절마다
텃밭에

점 하나로 그림을 바꾸는

너, 호미다!

날카로운 붓
―「텃밭 풍경화」 전문

"호미"로 색色을 칠한 시인은 김석이 처음이 아닐까.
숫제 "계절마다" 지화地畵를 바꿔가며 "붓"으로 그리는
모습은, '시중유화詩中有畵, 화중유시畵中有詩'의 세계다.
천지의 한 물건은 '실재'이기도 하고 '허구'이기도 하
다. 점點을 치면 선線이 되고, 선을 치면 면面이 되고, 면
은 결국 '소실점'에 모여 까무룩 사라진다. 이런 가뭇없
는 '사라짐'이 시다. 자연은 본래 "점 하나로" 가득 채웠
다가, 다시 그 점 속으로 흩어진다. 땅이 그린 삼라만상
은, 궁극으로 땅이 지우는 놀라운 패러독스(paradox)가
「텃밭 풍경화」 속에 숨어 있다. 하여, 천문天文 지문地文
은 불이不二하다.

카타르시스(catharsis)

동서양에서는 물을 만물의 근원으로 보았다. 신화 속의 요단강과 도솔천은, 죽음과 상징, 재생과 부활로 승화된다. 고대 우리 문학의 유화, 알영, 용녀는 '물의 여신'으로 등장한다. 물은 여성성을 상징하며 풍요와 시조모始祖母의 역할을 담당한다. 또한 물은 원형적 심상을 떠올리게 한다. 이런 물의 상상력은 '산수山水'와 더불어 근대시의 윤리관, 세계관, 그리고 심미감을 확장하였다. 조선을 관통하면서, 물은, 선비의 관조의 세계와 이상향을 그린다. 그러나 김석의 시 「묵언默言」에 다다르면, 전혀 다른 물의 성질로 둔갑한다.

비가 온다 오고 또 온다 시원하게 퍼붓는다

욕쟁이 할매 욕하듯 입이란 입은 다 열렸다

언제쯤, 저 욕 멈출까?

잠시 잠깐 닫힌 입

—「묵언默言」전문

정말이지, 김석의 "비"의 욕설은 시니컬하다. 현대시에서 욕지거리를 '비'로 비유한 시인이 있었던가? 이번그의 시집에서 탐색한 '수水'의 철학은, 더러운 세상을향한 배설의 기능을 담당한다. "욕쟁이 할매"의 "입"을빌려 밖을 향해 "퍼붓는" 육두문자는, 속이 "시원하"다.현대사회의 흙수저, 찬밥 신세, 밑바닥 인생, 소외된 개밥의 도토리들에게 욕설은, 청량감마저 준다. 욕의 폭발은, 사회의 위험한 무의식이 극에 다달았다는 구조신호다. 좌절과 분노를 조절할 수 없는 단계까지 왔다는 '빨간불'이다. 물론 그의 「묵언默言」의 심층은, "입이란 입"이 다 열린 한국 사회의 좌우를 향해, '모르는 것에 대해 침묵하라'는 비트겐슈타인의 명언을 떠올리게한다. 그럼에도 불구하고, 욕설은 화증을 푸는 임시처방전은 된다.

입아아입入我我入 중중무진重重無盡

이 세상 모든 만물은 섞여 있다. '입아아입入我我入', 내가 그에게 들어가고 그가 나에게 들어온다. 하여 중생은, '중중무진重重無盡', 인연이 얽히고설켜 끝이 없다. 김석의 「수목장」 속의 어머니는 죽어서야 "무無자 화두"를 깨친다. 자기는 없으면서 다른 것은 있게 하는 그 '무無'를 실천한다.

> 잎과 꽃 다 비우고 적요寂寥에 든 나목처럼
>
> 관세음도 보살도 지우고 나무가 된, 어머니
>
> 나我까지 버린
>
> 무無자 화두, 뿌리 깊은
>
> —「수목장」 전문

　"여기 한 물건이 있는데 본래부터 한없이 밝고 신령스러워 일찍이 나지도 않았고 죽지도 않았다. 이름 지을 길 없고, 모양 그릴 수도 없다."(『선가귀감』, 청허 휴정) 김석의 자당慈堂은 전생에 바람이기도, 아니기도 하다. 아니 "잎과 꽃 다 비우고 적요에 든 나목"이기도 하고, 아니기도 하다. "관세음도 보살도 지우고 // 나我까지 버린 // 무無"이기도 하고, 아니기도 하다. 그는 '나무'를 파자하여 '나我'와 무無로 언어를 유희한다. 본래진면목은, 이것이 없으면 저것이 없고, 이것이 일어나지 않으면 저것도 일어나지 않는다. 좋은 시는 「수목장」처럼, 봄날 얼음이 풀리듯 자연스럽게 녹는다. 꽉 쥔 대립 면의 긴장이야말로, 유무상생有無相生의 경계이다.

주체와 객체

시는 세계의 진실에 접속하는 작업이다. 몸은 의식과 사건이 교차하는 지점이다. 목소리는 안에도 있고, 밖에도 존재한다. 사람은 누구에게도 구속되지 않고, 누구도 구속하지 않는 자유를 원한다. 발화자의 위치에 따라 세상을 달리 볼 수 있다는 점은 흥미롭다. 김석의 「바꾸다」는 이솝우화를 빌려, 주체와 객체의 관점을 바꿔 상대를 이해한다. 이 시는 데리다의 '차이'의 관점과 흡사하다. 지금까지 고정된 관념의 정의를 새롭게 한다. 동일성의 시각을 벗어나 변화를 중시하는 이런 사고법은, 기존 그의 시 세계의 일대 변혁이다.

여우와 두루미의 만찬

접시와 호리병의 위치를 바꿨더니

먹었다, 둘 다 배불리

바꾸니 바뀌는 것을

— 「바꾸다」 전문

현대사회에서 상대를 존중하고 이해한다는 것은 쉽지 않다. 세상이 시끄러운 이유는, 나만의 아이덴티(identity)가 강하게 작용하기 때문이다. 인간 심리가 복잡계이듯, "여우"와 "두루미" 역시 살아온 환경이 다르고, 성격과 경험이 다르고, 주장과 생각이 다르다. 김석은 각자의 방식에 가장 알맞은 "접시"와 "호리병"의 "위치를 바"꿔줌으로써 문제점을 해결한다. 이런 획기적인 발상의 전환이야말로, "둘 다 배불리" 먹는 최상의 방법인 셈이다. 시「바꾸다」는 현재 우리 사회에서 일어나고 있는, 복잡다단한 논쟁과 갈등을 풍자하고 있다. 아예, 두 사람이 각자 원하는 '밥그릇'의 위치를 바꿈으로써, 자기가 자기로 존재하는 것을 일깨워준다. 이미 정해진 말의 노예가 될 것이 아니라, 정해진 말의 틀을 벗어나 '나만의 말'을 발견한다면, 어떤 기분일까?

슬픔, 혹은 지워지다

시,「지워지다」는 그 제목만 봐도 슬프다. 시의 제목은 그 시인이 겪고튼 삶의 전체를 함의한다. 나는 사람이나 시나 태어나는 그 순간, 때와 운명을 가진다고 생각한다. 삼라만상이 '지워지지' 않는 것이, 어디 있던가.

시집『괜찮다는 말 참, 슬프다』(2022, 황금알) 속에 수록된
「지다」에서도 보여 주었듯, 김석의 "수국"은 '죽은 아내'
로 은유 된다. 수국이 지는 순간을 죽은 아내의 운명에
접목한 이 시는, 시인이자 남편으로서의 한없는 외로움
이 크로즈업된다.

 수국의 자잘한 꽃잎 져, 나리고

수국이 있었다는 사실조차 지워진 날

당신의 웃음도 지고

이름마저 지워지고

—「지워지다」전문

우리는 모두 언젠가 지워지는 존재이다. 그가 사랑한
어머니도, 아버지도, 아내처럼 지워졌듯, 때가 되면 그
도 나도 흔적 없이 지워진다. 김석은 생전의 아내가 좋
아하던 "수국"을 유독 사랑한다. 길을 가다가도 흰 수국
과 분홍 수국을 만나면, "자잘한 꽃잎"을 그녀 보듯 오
래 응시한다. 그리고 보랏빛 수국이 질 때는 우울해한
다. 떨어진 "꽃잎"처럼 가버린 아내의 슬픈 행간 속에
여러 날을 서성거린다. 이승과 저승만큼 아득히 멀어

진, 그 메울 수 없는 공허와 외로움을 느낀다. 두 번 다시 볼 수 없는 아내의 부재는 곱고 아프게 채색된다. 아내를 닮은 큰아들, 작은아들, 손주에게서 시인은 위안을 얻으리라. 어느 날, 지구 역시 태양계에 존재했다는 사실조차 지워질 것이다. "당신의 웃음"이 지워졌듯, 우주 역시 "이름마저" 까맣게 잊힐 것이다. 그러나 이윽고 봄이 오면, 지워진 수국의 꽃대에 그 아름다운 꽃잎이, 어느 별에서 활짝 필 것이다. 「지워지다」 속엔 시인의 강렬한 체험이 아프게 배여 있지만, '지고', '피고' 그렇게 살다 가는 것이 자연의 이치 아닌가.

나가는 말

이번 김석의 4행 시집 『바위 속을 헤엄치네, 고래』는, 짧은 시의 묘리를 궁구窮究하였다. 동양의 불경과 음양오행의 합일된 시 정신은, 울림과 떨림이란 격조를 낳았다. 천문天文, 지문地文, 인문人文을 바탕으로 한 지수화풍地水火風의 사상은, 한국인의 원형 정서이다. 그의 시의 뿌리인 선禪의 비약과 현실 풍자는, 이번 시집에서도 유감없이 발휘된다. 대자연이 문장이라면, 그의 4행 시집은 방향을 제대로 짚었다. "인간은 오행五行의 정화요,

천지의 마음이다. 마음이 생겨나면서 그와 함께 언어가 확립되고, 언어가 확립되면서 문장이 함께 분명해진다."(최동호,『문심조룡』발췌) 이미 수천 년 전부터 동양은, 자연의 이치를 시와 서書, 그림과 철학 속에 하나의 예술로 융합하였다. 고시가, 한시, 시조에서도 보이듯, 짧은 시 긴 울림의 역할을 수행해 왔다. 현대시에서도 4행시는 5행시와 더불어 즐겨 창작되곤 한다. 물론 자유로운 정서의 표출이 어렵고 지나친 형식미를 추구한다는 점에서, 4행시의 한계를 지적받기도 하지만, 21세기에 알맞는 시적 장르임에는 틀림없다. 운문 형식과 내용을 다양화한다면, 시의 묘오妙悟와 정운情韻, 시취詩趣를 한꺼번에 잡을 수 있는 묘처가 있다. 어쩌면 4행시는 봄 여름 가을 겨울 사계절을 본뜬, '가장 고차원적인 묘미를 지닌 예술의 결정체'는 아닐까.

이번 시집에서 미처 앞앞이 다 살피지 못한 수준 높은 작품들도 많다. 전통의 문제를 온전히 벗어난 것은 아니지만, 김석의 이번 시편들은 새로운 세계의 창窓을 열었다. 풍경을 언어의 대지에 펼쳐놓은 입체적 감각은 돌올하다. 4행시는 시의 바위에 압축과 비약의 정으로 새기는 작업이다. 시「상처」는 "성질" "고약"한 사람과 사회를, 자연현상에 빗댄 독창적 작품이다. 첫사랑 소

녀 "명자"를 「명자꽃」에 비유한 시 역시, 순수하다. "잔
소리 안 해도 청소"하는, "아들" 놈보다 나은 「로봇 청소
기」는, 시 읽는 재미가 쏠쏠하다. 그렇다. 그의 시적 주
제는 일상과 비일상, 부정과 모호함을 다루면서, 깐깐
하고 예리한 선미禪味가 일품이다. 어머니의 치매에 얽
힌 차원 높은 해학과 힘든 현대인의 삶을 암유한 「오독
誤讀」은, 어두운 인간의 음영陰影을 깊게 찌른다. 끝으로
이번 4행 시집 『바위 속을 헤엄치네, 고래』에서, 가장
정곡을 찌른 시 한 편을 소개하며 마칠까 한다.

　　　　낮에는 너무 밝아 보지 못했고

　　　　밤에는 너무 어두워 보이지 않았다

　　　　눈 감고 돌아보니 보인다

　　　　눈 뜨면 사라지는, 내 허물
　　　　　　　　　　　　　　　　　　ㅡ「허물」 전문

　시는 시인의 「허물」을 평생 지우는 작업이다. 고통
과 고뇌의 흔적을 바람의 언어로 지운다. 언어는 사물
과 시인의 몸을 관통해, 세상의 아픈 울음을 지운다. 바
다와 물과 육지와 하늘을 지우고, 끝내 오욕칠정五慾七情

을 지운다. 더러운 욕망을 지우고 집착과 아집을 지운다. 김석의 『바위 속을 헤엄치네, 고래』를 읽고 있으면, 참으로 인간의 번뇌가 부질없다는 것을 불현듯 깨닫는다. 그의 시는 단순하면서도 질박하다. 그는 어느 대담에서 자신의 시관詩觀을 이렇게 피력한 적이 있다. "시인은 삶의 현실을 언어로 풀어내는 사람이다. 시의 모티브가 반드시 은유나 상징으로 포장되어져야 하는가? 오히려 가벼운 것, 하찮은 것, 평범한 소시민의 일상 등이 시의 옷을 입고 나올 수는 없는 것일까? 시인은 설레는 풍경을 진술한 목소리로 들려주는 존재이다. 어려운 시만 좋은 시가 되는 현실. 나의 삶과 나의 시가 '혼자'가 아닌 '우리'는 될 수 없는 것일까? '혼자'가 '우리'가 되기 위해 나는, 아직 면벽수행 중이다." 초기 김석의 시는 연작시 선문답에서 '시는 무엇인가', '삶은 무엇인가'에 대한 깊은 화두를 참구했다면, 이번 4행시에 이르러 텅 빈 행간의 울림을 형상화하였다. 흐르는 찰나를 '선禪'의 세계로 끌어올린 그의 시는, 선시 「살불살조殺佛殺祖」에서도 잘 나타나듯, 부처를 만나면 부처를 죽이고 조사를 만나면 조사를 죽이는, '낯선 시'의 경계를 꿰뚫었다. 언어 이전과 언어 이후를 교직한 김석만의 독창적 시의 독법을 발견하였다. 이번 시집은 깊이 고뇌하고 사색한 자의 입을 빌려, 4행시의 도저到底한 세계를 열었다.